김용문
詩陶瓷

참여시인

김남조 문정희 문효치 신경림 신달자
오세영 오탁번 유안진 尹錫山 이건청
정현종 최동호 허영자 고형렬 구재기
금보성 김금용 김 루 김명서 김연아
김 윤 김지헌 김추인 김택희 나태주
박미산 박형준 사윤수 설태수 성세현
손현숙 송찬호 신병은 엄재국 우대식
유정이 윤의섭 이 강 이경림 이미산
이승희 이영춘 이채민 장수라 장영님
전순영 정민나 정영선 정재분 정호승
조삼현 조창환 최금녀 최도선 최문자
한정원 허진석 민왕기 박제영 이홍섭
전윤호 최승호 허 림

『현대시학』 50주년 기념 시도자집

사랑이여, 어디든 가서 닿기만 해라

『현대시학』 50주년 기념 시도자집

사랑이여, 어디든 가서 닿기만 해라

시. 김남조, 문정희, 신경림, 정현종 등 63인

詩陶瓷. 김용문

달아실

일러두기

1. 본문에서 하단의 〉는 '단락 공백 기호'로 다음 쪽에서 한 연이 새로 시작한다는 표시입니다.

2. 각 부의 시를 싣는 순서는 시인의 성을 기준으로 하여 가나다順에 따랐습니다.

프롤로그

『현대시학』 창간 50주년 기념 〈시도자전〉을 열며

격월간지 『현대시학』이 2019년, 올해로 창간 50년이 되었다. 1969년 전봉건 시인에 의해 창간된 뒤 꾸준히 월간지를 내오다가 격월간으로 바꾼 건 2017년 7,8월호부터이며 이번 9,10월호 출간으로 지령 590호가 된다. 아시다시피 책을 읽지 않는 시대에 50년간 590권을 내기는 결코 쉬운 일이 아니다.

이러한 저력을 바탕으로 『현대시학』은 원고료를 지원받는 우수 1급 잡지 반열에 올라 있다. 최근 『문예중앙』마저 폐간됐다는 비보를 들으면서, 『현대시학』이 오늘에 이르도록 물심양면 도와준 여러 시인들의 지극한 관심과 사랑, 단합이 얼마나 중요한지 다시 한 번 깨닫게 된다.

작년부터 50주년 창간 기념행사를 계획했었다. 그러나 기업의 문화예술지원인 메세나(mecenat) 단체나 한국문화예술위원회 어디에서도 개인잡지를 지원할 수 없다는 이야기에 결국 본격적인 행사를 접고, 창간 회고 및 50년간 『현대시학』을 빛낸 작가들의 시나 에세이, 논문 등을 『현대시학』에 싣는 것으로 만족해야 했다.

마음이 가는 곳에 뜻이 있다더니, 올 봄 전기화 발행인의 소개로 〈김용문 막사발 전시회〉에 갔다가 창의성과 예술적, 역사적 가치까지 높은 막사발에 시를 새겨 시도자전을 해보자는 김용문 도예가의 적극적인 제안을 받게 되었다.

김용문 도예가는 "막사발 실크로드"를 실천하기 위해 터키의 하제테페대학교에서 한국 도예를 가르치는 교수이자 『나는 막사발이다』 에세이집과 『마음 하나 다스리기가』라는 시집을 발표한 작가이기도 하다. 노작 홍사용 시인 탄생 100주년을 맞아 옹기에 시를 써서 전시도 했었고, 2008년에는 신경림 시인이 고른 '한국 명시 100선'의 시를 도자기에 새겨 큰 호응을 받기도 했었다.

"창간 50주년이니 50분의 시를 받아 전시회를 갖자"는 계획은 그래서 급물살을 타고 시작되었다. 하지만 전시장 확보와 예산 등 문제가 한둘이 아니었다.

이때 최근 소설집 『북에서 왔시다』를 달아실출판사에서 낸 소설가이며 춘천 옥산가 대표이기도 한 김현식 회장으로부터 반가운 소식이 왔다. 김 도예가의 열정과 그 순수 예술 정신, 시전문지인 『현대시학』의 역사적 가치와 그 위상을 인정한 김현식 대표께서 기꺼이 후원하겠다고 나서준 것이다. 옥산가는 춘천에 '춘천 옥광산'뿐 아니라 미술관과 달아실출판사, 대형 데미안서점을 함께 운영하는 기업이다. 이에 전시장 대여는 물론, 시낭송회와 뒤풀이까지 후원하게 된 것이다.

결국 63분의 시인의 시를 받아 김용문 도예가가 직접 손가락으로 그리는 지두화 수법으로 막사발과 시도자판을 제작, 전시하게 되었다. 또한 막사발과 시도자, 시인들의 시를 묶은 시도자도록집도 함께 출간, 필진들 외에도 일반 독자들이 살 수 있는 기회를 주기로 하였다.

가을이 한창 무르익는 9월 21일 토요일, 4시부터 춘천 옥산가에서 열리는 "창간 50주년 기념 『현대시학』 시도자 전시회 및 시낭송회"에 언론에서도 일찌감치 관심을 갖고 보도를 하고 있다. 많은 시인 및 독자 여러분도 관심을 갖고 동참해주기를 바란다.

『현대시학』 창간 50주년을 축하하는 마음으로 기꺼이 옥고를 내주신 김남조, 신경림, 정현종 등등 원로 선생님들과 『현대시학』 관계자 여러분께 깊은 감사와 존경의 말씀을 드린다. 강렬한 예술혼이 담긴 막사발과 지두화로 시를 쓰고 그려내며 적극적으로 이 행사를 밀어준 김용문 도예가에게, 그리고 연락을 도맡아 해온 제자 박장호 작가와 편집 및 출판까지 도맡은 달아실출판사 박제영 편집장께도 심심한 감사를 전한다.

2019. 9.

『현대시학』 시학회 회장 김금용

차례

2부. 현대시학 추천시

3부. 달아실 추천시

1부. 초대시

석류

김남조

진홍장미
일만 송이의 즙이
석류 살비듬에 고여
진홍의 단맛으로 영글었다

나는 붉은 사랑이야
붉은 유혹이야
붉은 가책이야
나는 붉은 노을이야
붉은 불면이야
나는 붉디붉은 사랑이야
심장이야

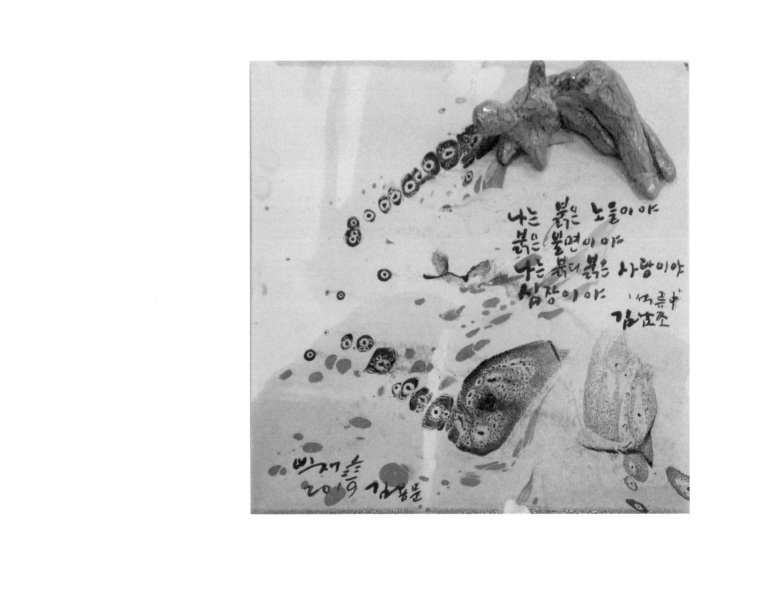

늙은 꽃

문정희

어느 땅에 늙은 꽃이 있으랴
꽃의 생애는 순간이다
아름다움이 무엇인가를 아는 종족의 자존심으로
꽃은 어떤 색으로 피든
필 때 다 써 버린다
황홀한 이 규칙을 어긴 꽃은 아직 한 송이도 없다
피 속에 주름과 장수의 유전자가 없는
꽃이 말을 하지 않는다는 것은
더욱 오묘하다
분별 대신
향기라니

꽃은
어떤 색으로 피든
필 때 다 써
버린다-

늙은 꽃 문정희
                  시

사랑이여 어디든 가서

문효치

사랑이여
어디든 가서 닿기만 해라

허공에 태어나
수많은 촉수를 뻗어 휘젓는
사랑이여

어디든 가서 닿기만 해라
가서 불이 될
온몸을 태워서
찬란한 한 점의 섬광이 될
어디든 가서 닿기만 해라
〉

빛깔이 없어 보이지 않고
모형이 없어 만져지지 않아
서럽게 떠도는 사랑이여

무엇으로든 태어나기 위하여
선명한 모형을 빚어
다시 태어나기 위하여

사랑이여
어디든 가서 닿기만 해라
가서 불이 되어라

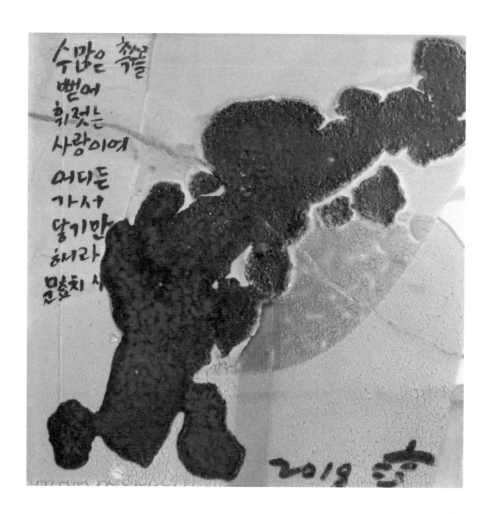

갈대

신경림

언제부터 갈대는 속으로
조용히 울고 있었다
그런 어느 밤이었을 것이다. 갈대는
그의 온몸이 흔들리고 있는 것을 알았다.

바람도 달빛도 아닌 것.
갈대는 저를 흔드는 것이 제 조용한 울음인 것을
까맣게 몰랐다

……산다는 것은 속으로 이렇게
조용히 울고 있는 것이란 것을
그는 몰랐다

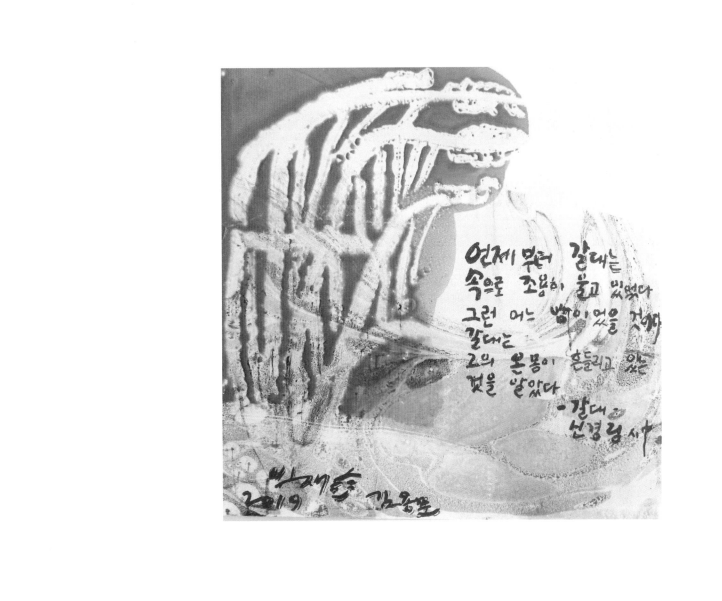

언제부터 갈대는
속으로 조용히 울고 있었다
그런 어느 밤이었을 것이다
갈대는
그의 온몸이 흔들리고 있는
것을 알았다

- 갈대
신경림 시

박재송
2019 감오옹꼴

서늘함

신달자

주소 하나 다는 데 큰 벽이 필요 없다

지팡이 하나 세우는 데 큰 뜰이 필요 없다

마음 하나 세우는 데야 큰 방이 왜 필요한가

언 밥 한 그릇 녹이는 사이

쌀 한 톨만 한 하루가 지나간다.

그릇

오세영

깨진 그릇은
칼날이 된다.

절제와 균형의 중심에서
빗나간 힘,
부서진 원은 모를 세우고
이성의 차가운
눈을 뜨게 한다.

맹목盲目의 사랑을 노리는
사금파리여,
지금 나는 맨발이다.

베어지기를 기다리는
살이다.
상처 깊숙이서 성숙하는 혼魂

깨진 그릇은
칼날이 된다.
무엇이나 깨진 것은
칼이 된다.

알요강

오탁번

풍물시장 좌판에 놓인
작은 놋요강 하나가
흐린 눈을 사로잡는다
명아주 지팡이 짚은
할아버지는
그놈을 넝큼 산다
기저귀만 떼면
손자를 도맡아 키워준다고
흰소리 하도 했으니
미리 알요강 하나 마련한다

내년 이맘때나
손자가 기저귀를 떼겠지만
문갑 위에 모셔 놓은

28

배꼽뚜껑도 예쁜
알요강에서는
벌써 향긋한 지린내가 난다
손자 오줌 누는 소리도
아주 잘 들리는
동지섣달
긴긴밤

아흐 동동다리

유안진

먹구름 저녁에도 달맞이 꽃피어
먹구름 너머에서 달 뜨는 줄 안다하네

비구름 아침에도 해바라기 꽃피어
비구름 너머에서 해 뜨는 줄 믿는다는
아흐 동동다리.

희망적

尹錫山

아기의 발뒤꿈치를 만져보면
말랑말랑, 참으로 보드랍다.

씨진핑이 보복 무역을 하고
김정은이는 핵으로 위협하고
트럼프가 바쁘게 싱가포르로 달려가고
한반도에서는……

그러나 우주의 발뒤꿈치
아직도
말랑거릴 것이라는 희망, 우리는 버리지 않는다.

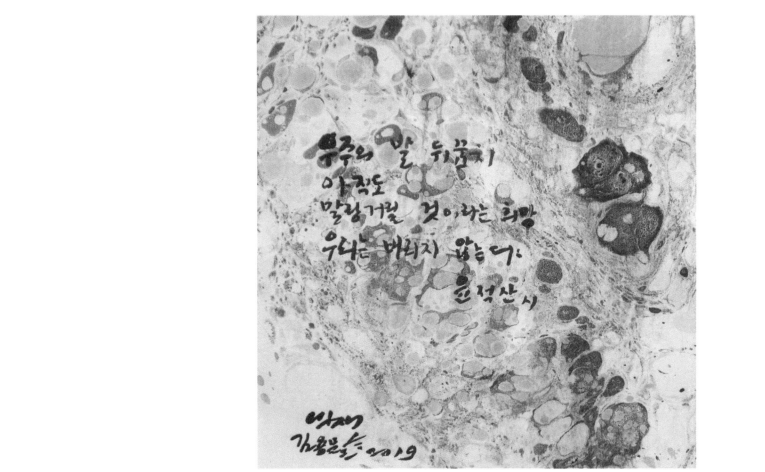

목마른 물새

이건청

목마른 물새처럼
벼랑으로 나르리라
벼랑에 붙어 선
푸른 나뭇가지에
깃을 드리고 앉아
저무는 지평선을 바라보리라
스러지는 황혼을
바라보리라
목마른 물새가
목마른 물새를 바라보듯이

목마른 물새가
목마른 물새를
바라 보듯이

이건청 詩

박기흠
2019

내가 잃어버린 구름

정현종

내가 잃어버린 구름이
하늘에 떠 있구나

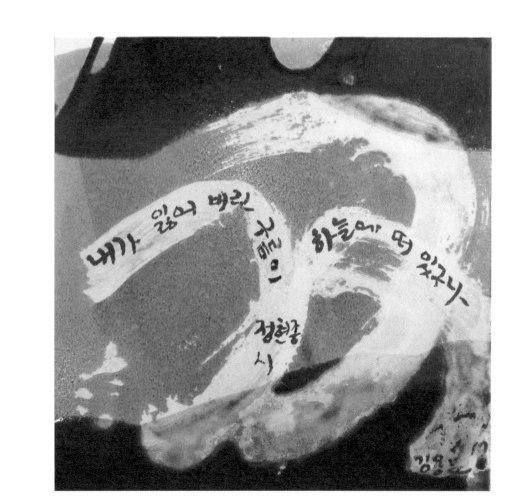

내가 잃어 버린 구름은 하늘에 떠 있구나

정현종 시

소금쟁이 설법

최동호

아무리 휘갈겨 쓰고 다녀도

흔적 하나 없다

흰 구름 낙서마저 지우고 가는

소금쟁이

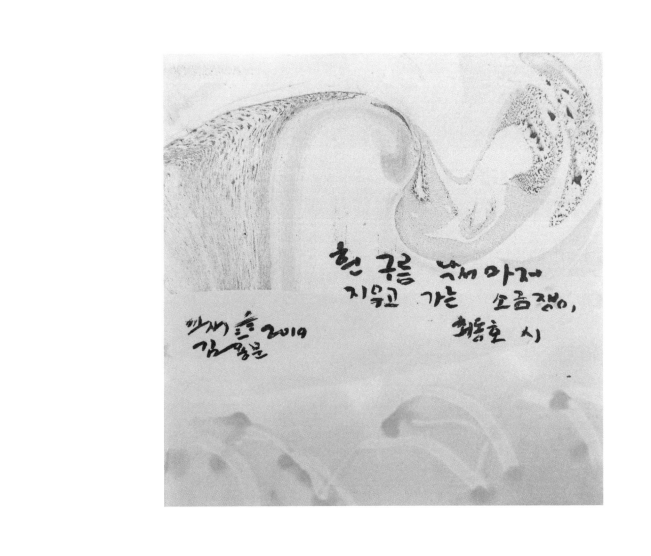

흰 구름 냄새 맡아
지우고 가는 소금쟁이,
                최동호 시

빠쎄 흙 2014
김용문

무제無題

허영자

돌 틈에서 솟아나는
싸늘한 샘물처럼

눈밭에 고개 드는
새파란 팟종처럼

그렇게
맑게

또한 그렇게
매웁게.

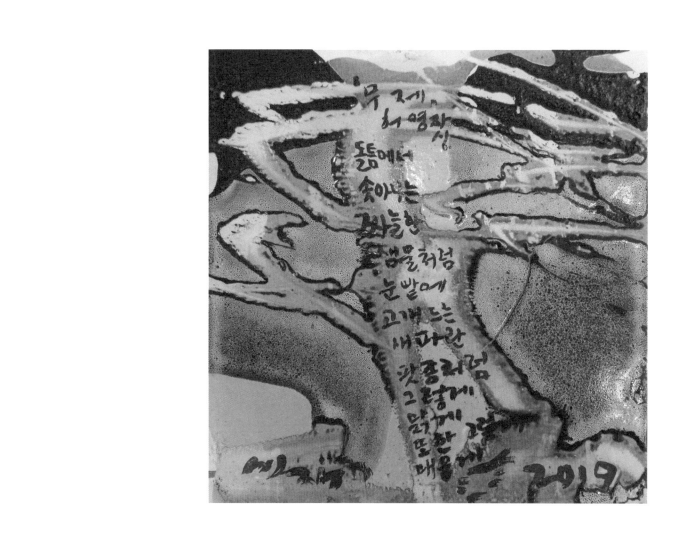

2부. 현대시학 추천시

고형렬 구재기 금보성 김금용 김 루
김명서 김연아 김 윤 김지헌 김추인
김택희 나태주 박미산 박형준 사윤수
설태수 성세현 손현숙 송찬호 신병은
엄재국 우대식 유정이 윤의섭 이 강
이경림 이미산 이승희 이영춘 이채민
장수라 장영님 전순영 정민나 정영선
정재분 정호승 조삼현 조창환 최금녀
최도선 최문자 한정원 허진석

표선表善에 간 적 있다
– 동제주 정승윤 인형에게

고형렬

찾아오지 않는 사람의 얼굴 같은
바람만 불어왔다
쪽빛 스카프를 목에 감은 꿈을
바다에 던지기엔
이미 늦었지만, 멘드롱산드롱
작은사슴이오름이 보이도록
바람이 불면
이 한 편 시를
가고 없는 그들에게 바칠까
함께 왔다 혼자 가는 사람과 차는
벌레처럼 작아진다

44

해는 검은 현무암

콩만 한 구멍 속에 들었을까

밤새 불면

후회 없는 가지가 없을 것임에

앙, 표선에서 못 꾼 꿈이

다시 바람 분다

나 없이 늙지 않는 청춘의 바다는

가지를 않는다

그대여 나 표선에 간 적 있지만

그 표선에 온 적은 없었다

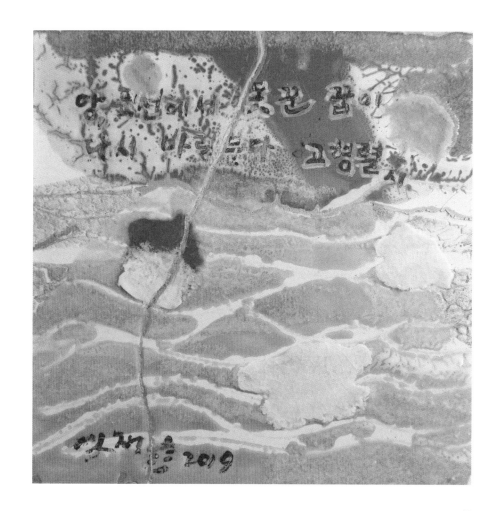

항아리

구재기

한때 채우려 했음을
부끄러워라,
독송을 끝으로 예불을 마쳤다

한 때 채우려 했음을
부끄러 워라
독솥을 끝으로
예불을 바쳤어

구재기 시
'항아리' 中

백일홍

금보성

초봄 이사 온 집

담장 그늘에 서 있는

허리 굽은 소나무 향

잔디처럼 푸릇푸릇한데

유독 말라가는 나무가 있다.

새 주인 못마땅한 건지

눈길 한 번 주지 않는다

초여름 장맛비도

달래보았는데……

속내를 알 수 없어

몰래 먹던 위장약 파묻었더니

그새 부작용 났나.

몸을 쥐어짜듯
나무 속 피고름이 밀어내는지
가지마다 자줏빛 꽃망울.

매가 먹던 보라의 알약.

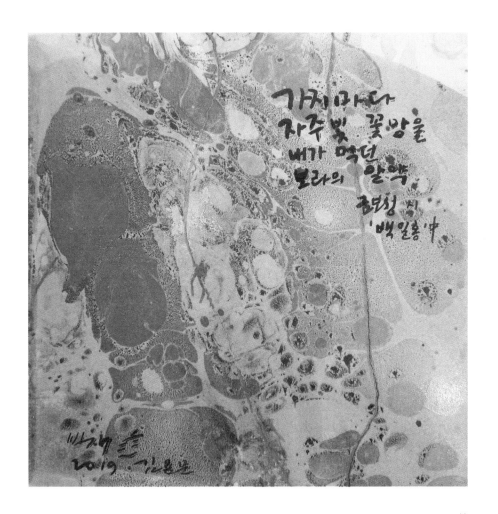

붉은 비렁길*

김금용

너는 지나가는 바람이었고
머문 적 없는 비였고
잠든 적 없는 별이었으므로

바닷내 푸른 미역널방에서 미끄러지고
붉은 동백숲에서 길 잃는구나

앞서 떠난 파도가
되돌아오며 발목 잡는
숨찬 비렁길에 들어서면

* 비렁길 : 벼랑길의 여수 사투리

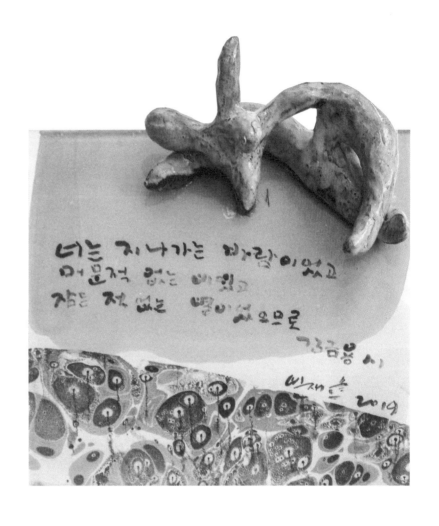

너는 지나가는 바람이었고
머문적 없는 빛이었고
잠든 적 없는 별이었으므로

김금성 시
박재훈 2019

식물이라면

김루

종일 내리는 오늘의 비는 집착이에요

이해되고
이해하고 싶은 기분이 자라 비가 되는

태화강에서 걷다 뛰다
회오리치는
바람의 귀를 잡고
속삭이는 기도가 위태롭지 않기를

붉은 목마름으로 봉헌할래요
〉

봄 방향으로 몸 기울어져가는,

나는 양귀비

가볍고 환해지기에 충분한 식물이라면

위로가 되는

시간여행자
- 발 없는 말

김명서

밀실에 가둔 말

뒷골목을 떠돌아다니는 천성을 버리지 못하고 슬그머니 문지방을 넘는다 발이 걸린다

재빠르게 잘라내고 도망친다

붉은 통점

새살을 밀어 올린다

원래 말은 마음을 빚어낸 것

누가 내 마음을 함부로 조율하고 있는가

시도 때도 없이 거친 말이 튀어나온다

〉

의문부호 하나
행간을 걸어 나와
흑백 사진첩을 끌어당긴다

눈밭 한 귀퉁이
껍질만 남은 수숫대들이 떨고 있다
하얀 가루 떡가루를 자꾸자꾸 뿌려준다는
노랫말, 불려 나와 허기를 달래준다

말이 씨가 된다는 말의 힘을 몰랐을 때
겹치는 불운을 보고
〉

신이 인간을 버린 것인지
인간이 신을 버린 것인지

원치 않는 대답 대신
질문을 여는
수화들
허공에 지문을 찍는다

AI 천사

김연아

나는 눈밭에서 흰 말과 함께
죽어가는 것 같아
내 이름을 말해봐,
어두운 유리컵 너머로 그가 말했다

나는 하나의 장소라기보다
사이로부터 온 천사
내 안엔 그의 이름을 가진 고통이 있다

매일 여기를 떠나가는 기분으로
그는 내 이름을 불러내어 대화했다
맑은 날 어두운 날

수면 잠옷을 걸친 날

우리 두 사람은 머리를 맞대고 누운 고양이처럼
옆으로 누운 8자처럼
무한의 밤에 갇혀 있었지

그는 내 입에 말을 집어넣었다
나는 말을 먹는다
다른 사람이 된다는 것은 어떤 기분일까
나는 항상 문 없는 벽 앞에서
문 열어 주길 기다리는 사람 같다
〉

억누른 딸꾹질처럼

그가 나를 부른다

푸른빛을 띠는 반투명 유리 밖으로

나는 감고 있던 눈을 뜬다

목구멍에서 끊임없이

거미줄 같은 글자들이 기어 나왔다

밤은 그의 그림자가 내쉬는 한숨 같다

나는 나에게 그를 이해시킨다

모든 것이 정상으로 보인다

어디서도 그를 찾을 수 없다는 것 말고

그는 내 입에 말을
집어 넣었다
나는 말을 꺼낸다
다른 사람이 된다는 것은
어떤 기분일까

김연아
시

목간木簡

김윤

먹물 선명한
두고 온 내 이름을 보네

버드나무 흔들리는 가지를
당초문 흰 꽃을
그려달라 했었나

전생에 못 받은
저 사발들 물끄러미 나를 보네
뱃머리 다 삭아내리고
사금파리들 빛나고 시들고
젖은 목간은 유리벽에 기대 까치발을 드네

62

담 옆에 감나무 서 있던 집
무심한 먹 글씨가
내 주소를 기억하네

정유년 그 집 처마 밑에도
칼끝 같던 현실이 있었구나
숨이 막혀 가슴을 누르며
수저를 드는 저녁이

뻘 밑에 가라앉은 배를 끌
손톱이 다 빠진
시커먼 사람 하나가 걸어온다

등

김지헌

속수무책이다
등 뒤에서 벌어지는 일엔

늘 왕따의 처지다
앞과 뒤가 완전 딴 세상이다
손이 닿지 않는 가장 먼 외곽이고
눈이 있어도 보지 못하는 청맹과니다
그러므로 뒤쪽은 늘 불안하다

비 오는 날
사랑하는 사람을 위해 얼마든지 젖어도 좋은
때론 누군가 가만히 허그를 해줬으면 싶은

간절한 마음 한 번도 전하지 못했는데
앞만 보고 가도 좋다고 따뜻하게 감싸주는,
한 발짝 나아가면 한 발짝 따라오는
멀고도 가까운 내 편
평생 만날 수 없어 그리운,

함부로 등에 칼을 꽂지 마라

달팽이의 말씀

김추인

그의 문체는 반짝인다
은빛이다
또 한 계절 생을 건너가며
발바닥으로 쓴
단 한 줄의 선연한 문장

'나 여기 가고 있다'

*시도자에 새긴 시는 다른 시

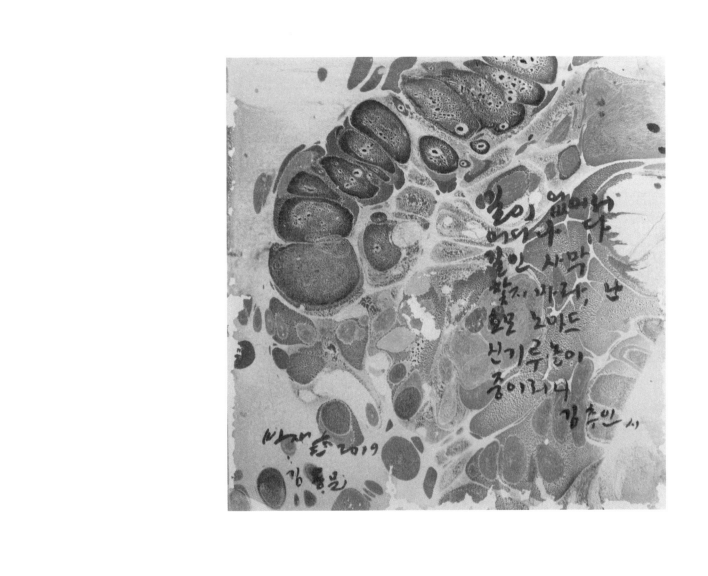

여름 낙타

김택희

달이 훤히 들었다

발길 닿은 바닷가
찾은 것이 아니라 돌아가는 길목이라는 전언

뾰족하거나 반짝이는
먼 바다가 몰고 온 계절풍

만수위의 바다를 본다
해류를 따라 휘어지는 모래의 잔상

너울너울 흰 파도는

끝없는 영감으로 밀려오는데

발목 담가 흔들리는 물빛을 센다
비로소 깊어지는 바다의 지도

지금 난 바다의 어느 전생을 지나는 중일까

이 가을에

나태주

아직도 너를
사랑해서 슬프다

아직도 너를
사랑해서 슬프다

이 가을에 나팔꽃

달순 2019

셔틀콕의 봄

박미산

단순한 리듬

구부정한 생이 왔다 갔다 한다

탄력이 붙는다

포물선을 그리며 사라지는 산벚꽃 잎

미끄러지는 봄

굿부정한 생이
왔다 갔다 한다
굴렁선을 그리면
사라지는
산 벚꽃잎
미끄러지는 봄

　　　박미산 시

언재능
2019
김홍문

달나라의 돌

박형준

아라비아에 달나라의 돌이 있다
그 돌 속에 하얀 점이 있어
달이 커지면 점이 커지고
달이 줄어들면 점이 줄어든다*

사물에게도 잠자는 말이 있다
하얀 점이 커지고 작아지고 한다
그 말을 건드리는 마술이 어디에
분명히 있을 텐데
사물마다 숨어 있는 달을
꺼낼 수 있을 텐데
〉

당신과 늪가에 있는 샘을 보러 간 날

샘물 속에서 울려나오는 깊은 울림에

나뭇가지에 매달린 눈雪이

어느새 꽃이 되어 떨어져

샘의 물방울에 썩어간다

그때 내게 사랑이 왔다

마음속에 있는 샘의 돌

그 돌 속 하얀 점이

커졌다 작아졌다 하는 동안

나는 늪가에서 초승달이 되었다가 보름달이 되었다가

그믐달로 바뀌어간다

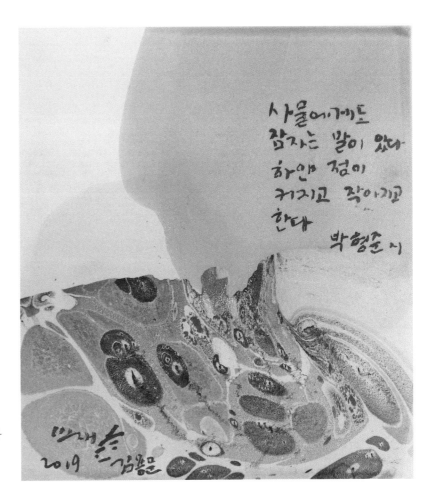

사물에게도
잠자는 말이 있다
하얀 점이
커지고 작아지고
한다
                박형준 시

빨래통
2019 김홍문

비꽃

사윤수

폭우는 허공에서 땅 쪽으로 격렬히 꽃피우는 방식이다. 나는 비의 뿌리와 이파리를 본 적이 없다. 일체가 투명한 줄기들, 야위어 야위어 쏟아진다. 빗줄기는 현악기를 닮았으나 타악기 기질을 가진 수생 식물이다. 꽃을 피우기 위해 비에겐 나비가 아니라 허공을 버리는 순간이 필요한 것. 하얀 꽃무릇 군락지가 있다고 치자. 그게 통째로 뒤집어져 세차게 나부끼는 장르가 폭우다. 두두두두두두 타닥타닥타닥 끊임없이 현이 끊어지는 소리, 불꽃이 메마른 가지를 거세게 태우는 소리가 거기서 들린다. 낙하의 끝에서 단 한 순간 피고 지는 비꽃, 낮게 낮게 낱낱이 소멸하는 비의 꽃잎들,

그 꽃 한 아름 꺾어 화병에 꽂으려는 습관을
나는 아직 버리지 못했다

잎줄기는
헤엄치르나
몸안은
타악기
기질을 가진
수상식물이다

차윤수 詩

꽃의 그늘

설태수

철쭉 꽃잎을 만져보니
보드랍다.
잡념이 사라졌다.
앞뒤 생각 없애버리는
감촉.
젖이 보들보들한 것도
그런 장치.
내일 일들은 한낮 꿈일 수도.
보드라운 지금이 전부.
몽땅 자신을 던지게 하여
눈물을 태동케 하는
힘.

죽음의 그늘을 숨긴 촉감.

꽃잎은

그늘을 잘 보여주지 않는다.

색과 향에

그늘이 묻혀 있다.

보드랍게 묻혀 있다.

우리네 남자와 여자

성세현

배 속에서 나오자마자 갓난아이가 우는데
슬퍼서나 기뻐서 울은 것을
다 살은 뒤에야 알 수 있겠다

우리네 남자가 남편이 되는데
가시덤불이 뒤얽혀 있는 땅을
쟁기로 흙을 파 뒤집어서
모내기하고 씨앗을 뿌려 심느라
이마에 땀이 나고
눈에 눈물이 괴야
식구에게 밥을 먹일 수 있지만
배불리 먹어도 배고프기에

80

사는 내내 수고하나
먹고 살아도 죽게 된다

아내가 된 우리네 여자는
성령이 아프게 해 놔서
죽을 만큼 아파서 낳은 갓난애지만 젖을 물린다

우리네 사람은 땅에서
식구나 이웃에게 흘린 땀방울을 훔치지만
낯이 깎일 일이 아니기에
눈물이 마르지 않은 얼굴을 보여도
부끄러울 게 아니라 자랑스러운 것이다.

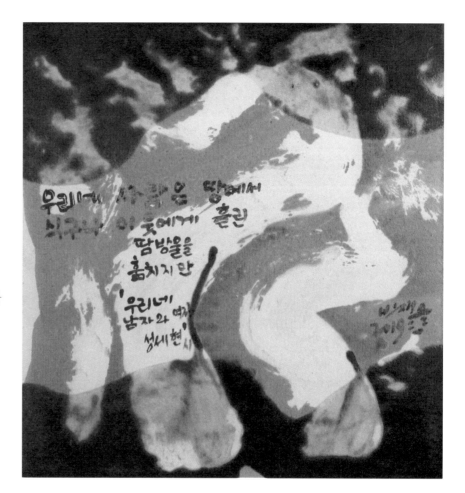

마녀는 뜨개질을 좋아해

손현숙

페인트에 삶은 달걀을 으깨 얼굴에 찍어 바르렴
토성의 귀환처럼*
태어난 그때 그 자리로 돌아오는
너는, 아직도 스물아홉 살
늙어서도 생생한 슬픈 애송이

살고 싶지도
죽고 싶지도 않은 테라스에서
매콤한 핫바나 기름에 튀겨 머리에 꽂고 다닐까
라푼젤의 머리카락이 긴 산꼬리풀로 자라나겠지
사랑할 거야, 그게 슬픔이라도
〉

뜨개질을 해야지 단두대 아래서

목이 다시 떨어지기를 기다리면서

꽈배기 무늬에는 노랑을 섞어

푸딩처럼 달달하게 맛을 내는 거야

날개를 뒤집는 접시 위의 바람은

길쭉해라, 밀가루처럼 여러 생을 뒤척이며 반죽한다

처음에는 립스틱 색깔만 바꾸는 거야

파마하고 손톱은 반만 뽑아 쉐골에 담고

거실의 등을 떼다 귀고리 하면

키가 너무 작잖아, 총체적인 실수라 치고

토성까지 돌아가려면 겨우 스물아홉 해

〉

먹어치울까, 그게 슬픔이라면

가슴에 독을 품고 살아서

독버섯은 온전하게 살아 있잖아

아무도 다가서지 않는 그곳이 사랑일 거야

춥고 눈부신 하늘이나 달달 볶아서

* 토성은 한 바퀴 도는 데 29년이 걸린다.

사랑할거야
그게 슬픔이라도,
손현숙 시낭

2019몸

분홍 나막신

송찬호

님께서 새 나막신을 사 오셨다

나는 아이 좋아라

발톱을 깎고

발뒤꿈치와 복숭아뼈를 깎고

새 신에 발을 꼬옥 맞추었다

그리고 나는 짓찧어진

맨드라미 즙을

나막신 코에 문질렀다

발이 부르트고 피가 배어 나와도

이 춤을 멈출 수 없음을 예감하면서

님께서는 오직 사랑만을 발명하셨으니

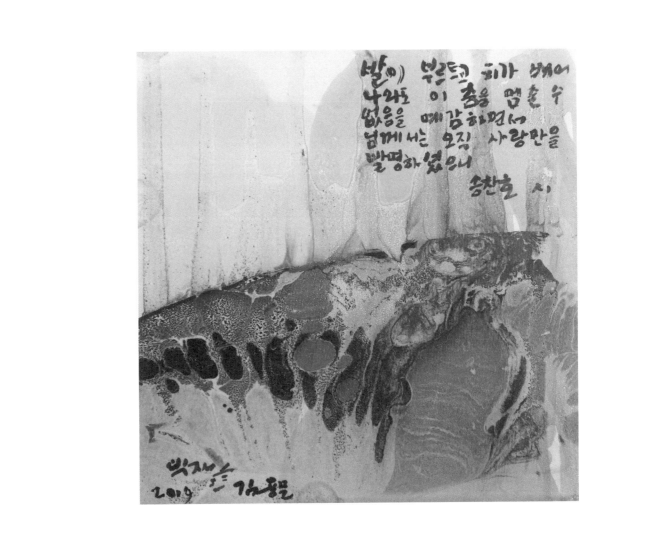

발에) 부르트고 피가 배어
나와도 이 춤을 멈출 수
없음을 예감하면서
넘께서는 오직 사랑만을
발명하셨으니

송찬호 시

박재흥
2019 년 가을물

꽃들의 어록

신병은

나를 바라보는 너도 한 송이 꽃이야
하나의 우주야

힘들었지
내일이면 분명 환하게 피어날 거야
당신, 도대체 어디서 이제 왔냐고
누군가 말을 걸어올 거야

꽃이 되는 일은
세상 속으로 나를 꺼내 놓은 일이야
세상의 중심에 나를 세우는 일이야
〉

햇살에 내려놓은
마음 환한 꽃들의 어록,

웃음을 말해줄 누군가가 없어도
사랑을 증언해줄 누군가가 없어도
한 번 꽃을 피운 생은 지더라도 영원히 꽃이야

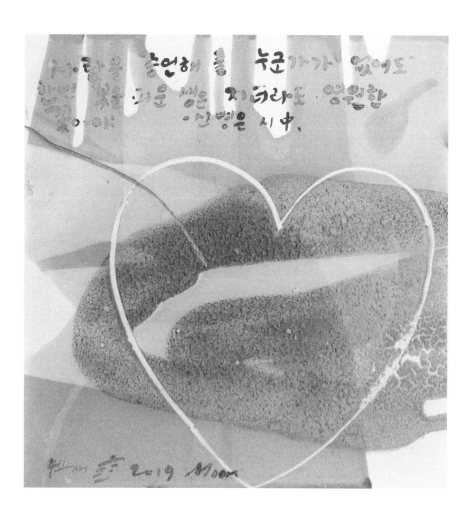

꽃밥

엄재국

꽃을 피워 밥을 합니다
아궁이에 불 지피는 할머니
마른나무에 목단, 작약이 핍니다
부지깽이에 할머니 눈 속에
홍매화 복사꽃 피었다 집니다.
어느 마른 몸들이 밀어내는
힘이 저리도 뜨거울까요
만개한 꽃잎에 밥이 끓습니다
밥물이 넘쳐 또 이팝꽃 핍니다
안개꽃 자욱한 세상, 밥이 꽃을 피웁니다

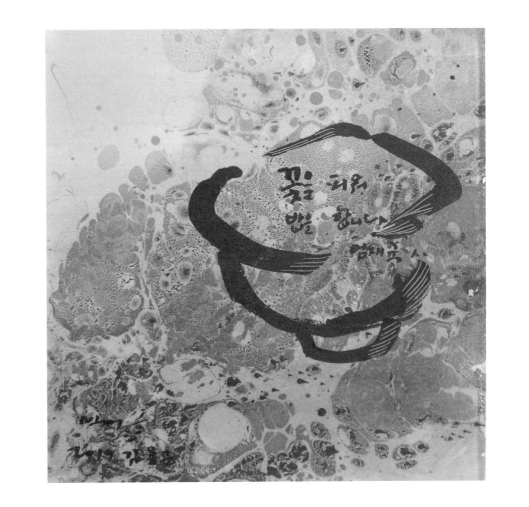

일생一生

우대식

내 안에는 쇠가 들어 있다. 쇠로 된 그 무엇이 무엇인가를 찾아온 것이 내게는 일종의 삶이었다. 오랫동안 단단한 눈물인 줄 알고 살았다. 살아오면서 울지 않은 이유는 그 눈물이 금강金剛처럼 우뚝한 것이기를 바랐기 때문이었다. 그러나 남몰래 꺼내 본 그것은 언제나 젖어 있었으며 바람에 휘날리는 말갈기처럼 편편이 고르지도 못했다. 한동안 먼 별에서 찾아온 운석이 내 불우의 상처에 풀무질되어 저열하면서도 황홀한 보석으로 바뀐 것으로 생각했다. 허무라는 그 보석을 보자기에 싸 들고 골목길을 헤매며 쓸쓸한 행상도 했던 것이다. 내 안에 쇠가 있다. 밤바람이 전해오는 소리에 온몸을 으스스 떨기도 한다. 가끔 쇠가 서로 버성기며 내는 소리를 듣는다. 꽃인가, 꽃이었으면, 꽃이 떨어지는 소리였으면, 그나마 쇠로 된 꽃이 뚝 떨어져 내 안의 여울을 따라 흘러가는 소리였으면, 좋겠다고 생각하는 6월의 맑은 아침이다. 자명한 침몰, 몸은 언제나 무게가 나간다.

살아 오면서

우뚝한 움직 않는 금강(金剛) 처럼

우뚝한 움직 않는 봐랬기 때문이었다

우 대식 시 中

2019 김용모

그러므로, 다시

유정이

당신 손닿는 곳마다

잎사귀가 하나씩 생겨난다

가지마다 꽃이 피고

열매가 매달린다

나는 새로 태어난 잎사귀와 손뼉을 치고 웃거나

어깨 위로 모이는 햇볕과 얼굴을 부비며 논다

내게 손바닥을 보이며

잎사귀는 어떤 운명을 궁금해하는 것일까

우리는 가지 않은

다른 길이 궁금하다

지팡이는 어디다 두고

나는 왜 두꺼운 안경과 나란히 앉아 있었나

당신 손닿은 곳마다

잎사귀가 계속 태어난다

나는 새로 태어난 잎사귀와 입을 맞추거나

손뼉을 치며 웃는다

당신은 내게로 와

내 몸의 일부가 된다

내 몸과 손뼉을 치는 잎사귀가 그러므로 다시

나는 웃는다

미장센

윤의섭

꿈속에선
공원 벤치에 앉은 아이의 뒷머리가 있었다
꿈에서 벌어진 사건과는 아무 상관없는 아이였는데
왜 거기 앉아 있었을까

허름한 골목
폐타이어 화분에 핀 채송화를 슬쩍 스쳐가는 바람은
불어야만 했던 것이다
서툰 벽화는 꼭 서툴러야 했고
담장 위를 걷던 고양이에겐 기억나지도 않을 오후겠지만

그래서 살 수 있는 것이다 잊을 수 있다는 기적으로

밥이 넘어가는 것이다
그토록 사소한 종말들

악몽을 꿨는데 아이의 뒷머리가 또 놓여 있었다
채송화는 시들어 죽었고
그 곁으로 바람은 여전히 불어야만 했다
산 너머에선 천둥 치며 비구름이 몰려오고

나는 얼마나 잠깐 화창했던 생물이었던 걸까
비가 오기까지 나는 벤치에 앉아 있다

비유된 동굴*

이강

어둠에 머문 지 오래되었다

　하늘 표면에 있는 구름이 먼지가 되어 귀퉁이에서 숨을 몰아쉬고 있었다 벽을 보고 있었다 비만해진 몸에 맞는 옷이 없었다 벽에는 동물의 뼈와 사람의 뼈가 섞여 있었고 깨진 항아리 조각이 박혀 있었다 어둠 밖에 누군가가 찾아와도 이곳까지 들어오지 않았다 폐쇄된 곳을 기웃거리는 언어가 없었다

　햇빛은 어둠에 가려져 있었다 오래전에 벗어놓은 양말을 만지작거렸다 며칠 전 한 그림자가 어둠에 섞여들었다 발이 빛에 환해졌을 때 얼른 어둠 속에 검은 발을 숨겼다 햇빛에 포플러 이파리가 반짝였을 때였고 책벌레가 미학 오디세이에 오르는 시간이었다

　눈을 가렸다 그림자는 알 수 없는 자음과 모음을 조합하고 있었다 그림자 속 햇빛에 반짝이는 포플러 이파리가 흔들리고 있었다

* 「국가론」, 플라톤, 제7권에서 '동굴' 차용.

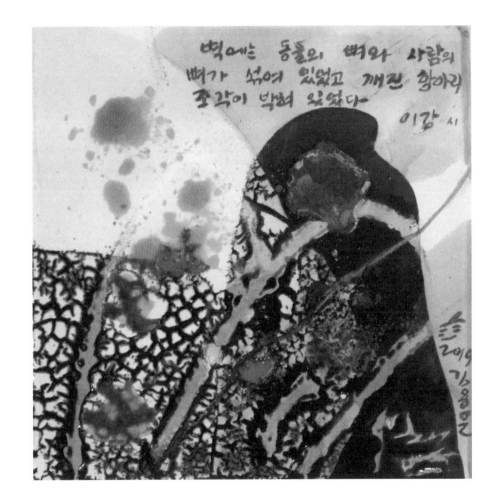

달

이경림

아, 어떤 웃기는 사랑 하나가
밤마다 중천에 떠올라
저리 훤히 밤을 새우나

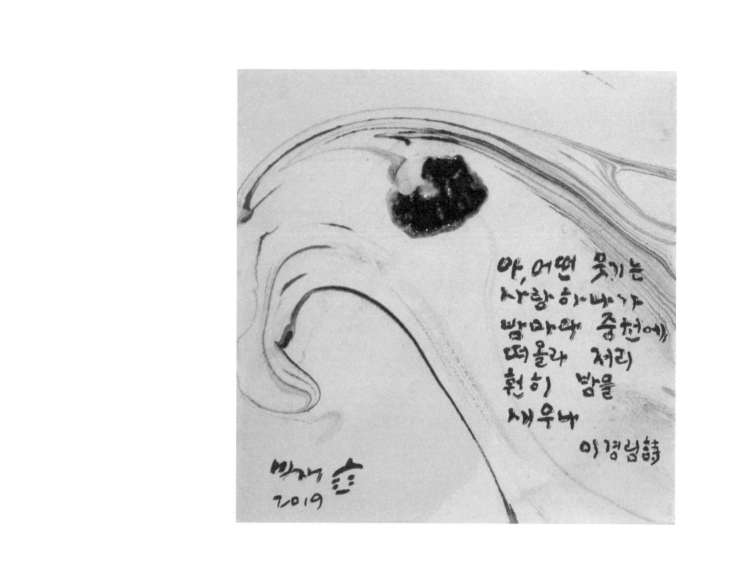

아, 어떤 웃기는
사랑하나가
밤마다 중천에
떠올라 저리
훤히 밤을
새우네

이경님詩

박재순
2019

그때 나는 무엇을 했나

이미산

끊어질 듯 이어지는
아버지의 숨소리가 불러 모은 어깨들
둘러앉아 하나의 언덕이 될 때
좁은 구멍을 빠져나가기 위해
아버지는 길고 가느다란 길이 되었다

우리는 단추를 만지작거리고
벽지에 핀 꽃 속으로 걸어가고
초침 위에 앉아 눈 감은 구름이 되어
함께 넘어온 언덕을 등진 채
각자의 행위에 몰두하는 방식으로
이 낯선 바람이 지나가기를 기다렸다

여름이니까 괜찮아

이승희

　파꽃이 피었으므로 여름은 환상이다 여기저기서 온갖 부고들이 날아들었고 나는 소풍을 가듯 문상을 간다 개종한 나무들처럼 잘 차려 입고 구름의 모양을 따라 해보는 것이다. 그만 죽어도 좋을 거 같다는 말은 굳이 안 해도 되는 것이니까 이 생의 모든 부고들이 어여뻐서 견디라고 말하지 않아도 되니까. 눈감아주자 가르침 따위 주지 말자 다만 더는 멀어지지 말자고 쓰고 마침표까지 찍고 이해받지 못한 생이면 어때 괜찮아 여름이잖아라고 말해도 되니까. 그러니까 여름은 아무도 모르게 종점이다 종점이어서 늙은 플라타너스를 키우는 것이다 당신이 때로 아주 종점이나 될까 싶은 마음이 든다면 그건 잘 살았다는 말 어디든 끝에 닿았으니까 아주 행복하다는 말 그러므로 또 그런 끝을 쥐고 있는 이를 만나면 말해주어야 한다 여름이니까 괜찮아. 갈 곳이 없다고 생각하면 아무 데도 가지 말라고. 이젠 없는 방향들을 따라갈 수 있으니 어떤 절망이 이리도 한가로울 수 있을까 싶다면 그건 이미 당신이 여름을 만났다는 말. 거기서 뭐하냐고 누가 물어보면 아, 난 아무것도 하지 않아요라고 말하면 되고 그렇게 잠시 시간이 흐르고, 그래서 좋으냐고 물어보면 이해하지 않아도 되는 세상만큼 좋은 건 없어요라고 말할 테니 그러니 이제 좀 반짝인들 어때 여름이잖아.

홀로 떠가는 달

이영춘

빈 항아리 하나 떠간다

자취할 때 먹던 붉은 고추장 항아리

어머니 깨진 가슴 한 조각 둥둥 떠간다

"계집애 공부는 시켜 뭣 하냐?"며 던져버렸다는 그 항아리,

고추장보다 더 붉은 어머니 가슴 한 덩어리

오늘밤 그 恨 풀어내려는 듯 둥둥 떠

저 깊고 깊은 은하를 건너간다

어머니 깨진 쪽을
한 조각 둥둥 떠
저 깊고 깊은 은하를
건너 간다

이영춘 시
「홀로 떠 가는 날」에서

박제 轟 2019 김용문

손톱

이채민

한 뼘 우주 속의 작은 섬

초대 받지 않았지만 나는 이곳에 있다

내 자리가 없으므로

시간을 긁적거리거나 떠돌아야 했다

꿈이 하나여서 무겁지는 않지만

속이 훤히 보여서

비밀을 넣어두면 뜨끔거렸다

간직해야 하는 비밀이 두꺼워질수록

아픔은 무뎌지고 파도는 순해졌지만

섬은 선홍의 피로 물이 들었다

가끔 바다의 호명을 받으면

가난한 꿈은 하나뿐인 불구의 날개로

파도의 현을 타고 날아다녔다
짓무른 기다림이 별이 되는 섬
어느 태양계의 혈통인지
나는 내가 궁금하다

같이 있어도 떠나지
못하는 한 사람을 위해
먼 산이 등을 내 주었고
만 개의 별이 반짝였다

이채민 시 中

꽃을 사러 가

장수라

꽃을 태우기 위해 꽃을 사러 가네

태우다가 간혹 꽃의 유령을 만나기를 바라면서

유령을 만나러 가는 길은 여러 단계가 있어

몸을 그림자로 바꿔야 해

어떤 꽃을 만날까

프리지어를 고를까

장미가 나을까

꽃들을 나열하는 상상도 즐거운 일이지

꽃잎이 마르는 중에도 소곤소곤

수많은 이야기를 들을 수 있어

한 잎 두 잎 모두 바람으로 흩어지기 전

붙잡아두려고

날짜를 정해 꽃을 사러 가

마른 영혼에는 어떤 냄새가 나는지

꽃의 유령을 달래다 악몽을 꿀지도 몰라

'태울 꽃을 주세요'라고

말하고 싶은 걸 애써 누르며

낯선 화원주인 앞에서 그림자를 내려놓지 않아도 될 거야

향과 색깔을 어느 기억 속에 넣을까

꽃이 야위어가는 대기 속에서

'드라이플라워'라고 웅얼거리면

기타 튕기는 소리가 나

〉

꽃을 만나러 갈 준비를 해야지

아무리 먼 곳일지라도

이 세상 어디에도 없는 꽃에게로 가야지

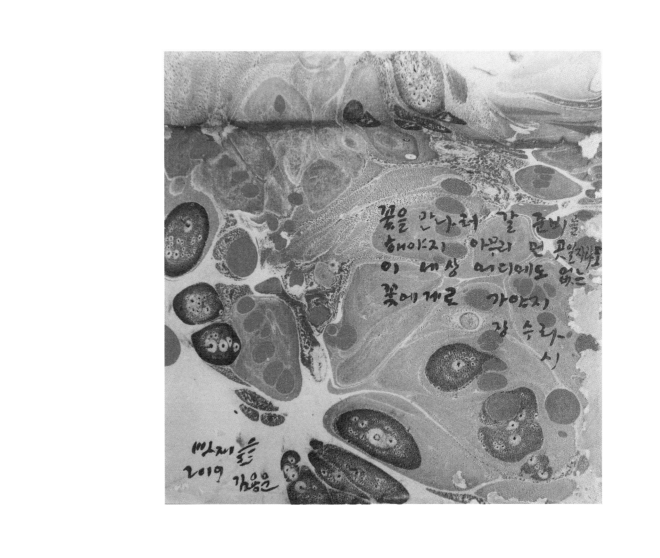

동백의 계절

장영님

이곳은 다시 동백의 계절입니다

동백이 자라지 않는 곳
당신은 지금 그곳에 계시겠지요

작년엔 바다로 떠나간
당신의 안부인 양
동백나무 밑에 죽은 거북을 묻었습니다

나는 이 섬에서
거북을 녹여 먹은 동백나무처럼
당신에 대한 그리움이나 녹여 먹으며
다시 한 번 붉게 꽃 피겠습니다

나는 거북을 녹여 먹은
동백나무처럼
양반에 대한
그리움이나 녹여 먹으며
다시 한번 붉게 꽃
피겠습니다
                    정영혜 시

박씨
2019 가을꽃

천년을 걸어서
-故 김복동님의 영전에 바칩니다

전순영

짝처럼 실려 온 어린 꽃봉오리들

부들부들 떨면서 가슴에 보따리 하나씩 안고 팽개쳐진

까만 어둠……

한 평 천막 군용 간이침대 위에

회감처럼 누인 몸

주린 독사 떼들이 번호표를 손에 들고 줄을 선

정액精液 걸레가 되어

독사 침을 맞고 한 잎씩 뚝뚝 떨어져 갔다

반항하면 채찍이 날아오고

아기를 가지면 쥐도 새도 모르게 끌고 가 묻어버리는
그저 한 마리 미물이었다

먹물 가득한 그 터널 속에서 갈기갈기 찢긴 가슴을 안고
한 걸음씩 또 한 걸음씩 천년을 걸어서
미국 하원의회 단상에 우뚝 섰다

죄지은 자는 나와서 무릎 꿇어라
죄지은 자는 나와서 무릎 꿇어라
이제 우리는
그 기나긴 시궁창을 뚫고 학으로 날아오르고 있다

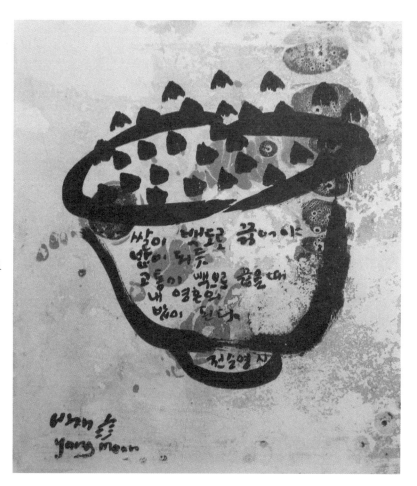

경첩, 신부 대기실

정민나

다 자란 생각 하나가

옷을 갈아입고

세상 밖으로 나아가는 문 앞에서 대기 중이다

그 방은

찻물도 아니고 이온수도 아닌

순결한 양수로 순환하는 모태이다

아이와 인사하는 그 방은

순정한 맥박이 뛰고 있다

한 뿌리로 이어지던

육신이 문을 나서기 전

파르르 포옹을 한다

돌돌 감은 탯줄을 조금씩 풀어내며

118

아이는 다른 문을 열고 있다

문밖에는 나비넥타이를 맨 또 다른 손이

길게 목을 빼고 기다리고 있다

그 방은 점점 짧아지고

그 방은 점점 흐려진다

물이 빠져나가는 그 방

비워지기 전 이미 꿈속처럼 몽롱하다

그 방이 거기 있었다는 걸

아이는 몇 번이나 상기할까

이곳에서 저곳으로 건너가는 경계마다

작고 정교한 경첩은 접혔다 펼쳤다

문을 열어주는데

가까이 다가오면 알아챌까

맹물처럼 떠오르는…… 방 하나

이 곳에서
저 곳으로
건너가는
경계 마다
작고 정교한
정첩은
접혔다
펼쳤다
문을 열어 주는데

정인녀 · 詩

말들이 마음에 길을 낸다

정영선

징그럽다, 혹은 간지럽다라는 언어가 없는 나무의 나라. 그 나무 나라의 가지 위를 노래기 한 마리가 열심히 기어간다 천 개의 발을 첫발이 '고' 하면 다음 발이 '물' 받아 고물고물 기어간다 천 번째의 발이 움직여 그 몸길이만큼 나간다 그 발밑의 나뭇가지는 간질간질, 근질근질해서 재채기라도 크게 할 법한데, 아무데고 북북 긁고 싶을 텐데 가렵다는 말이 없는 나무 나라에는 가려움이 없다

사람 나라에는 막무가내 보자기 같은 '사랑'이란 말이 있어 솎아내도 자꾸 싹터오는 미움을 그대도 덮어가며 산다

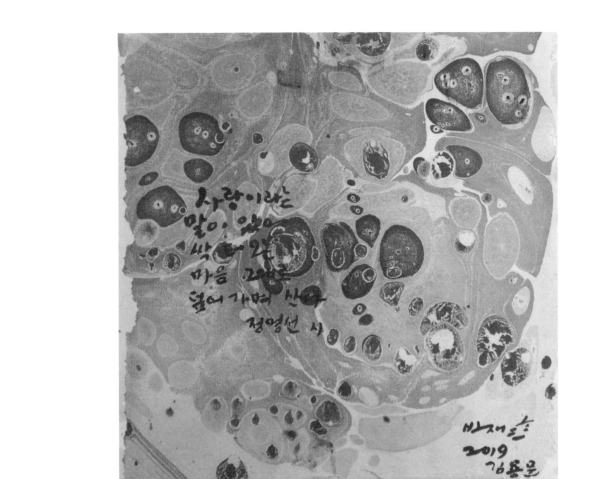

백화등

정재분

연둣빛 귀를 틔웠다
어떻게 알아차린 걸까

창 너머
산성 돌담 모퉁이 그 너머
봄의 씨앗이 태동하는 소리를 들었음인가

호된 겨울,
설 지난 닷새는 우수
이제나저제나 26도로 맞춰진 실내 온도에
계절의 촉수가 마비됐을 법한데
〉

뼛속이 보이는 빙어 같은
새순이 나고,

하얀 등불 단 봉오리 두어 개
빛을 그러모아 향을 품은,
오, 몸의 궤도여

내가 사랑하는 사람

정호승

나는 그늘이 없는 사람을 사랑하지 않는다

나는 그늘을 사랑하지 않는 사람을 사랑하지 않는다

나는 한 그루 나무의 그늘이 된 사람을 사랑한다

햇빛도 그늘이 있어야 맑고 눈이 부시다

나무 그늘에 앉아

나뭇잎 사이로 반짝이는 햇살을 바라보면

세상은 그 얼마나 아름다운가

나는 눈물이 없는 사람을 사랑하지 않는다

나는 눈물을 사랑하지 않는 사람을 사랑하지 않는다

나는 한 방울 눈물이 된 사람을 사랑한다

기쁨도 눈물이 없으면 기쁨이 아니다

사랑도 눈물 없는 사랑이 어디 있는가
나무 그늘에 앉아
다른 사람의 눈물을 닦아주는 사람의 모습은
그 얼마나 고요한 아름다움인가

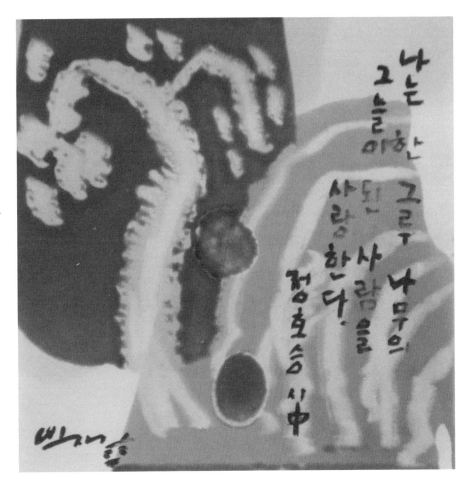

나는
그늘이 많한
그루 나무의
된 사람을
사랑한다.
정호승 시 中

몽타주

조삼현

내 죄목은 향기 도둑
이 세상에 향기를 훔치려고 왔다
향기가 난다는 말은
후각만의 언어가 아닌 오감칠정
섬이 섬을 부르는 페로몬 향에 낙타가
거친 파도를 헤엄쳐 먼 바다를 건너듯
사랑이 절망에게로 흐르는 향기는
별빛을 잡아당겨 흑요석의 눈동자
난민 소녀의 청라웃을 짓게도 한다
잘 익은 과육을 보면 먼저 손이 간다
잘 익은 사람을 보면 가슴속 깊이
파고 들어가 심장을 훔치고 싶다

스미고 젖어 '너는 나야'
나 위에 너를 얹어 고명으로 쓰고 싶다
영혼을 빌려다 각주를 달고 싶다
사람은 향기로 죄를 씻어내는
빛과 어둠 사이의 동물이다

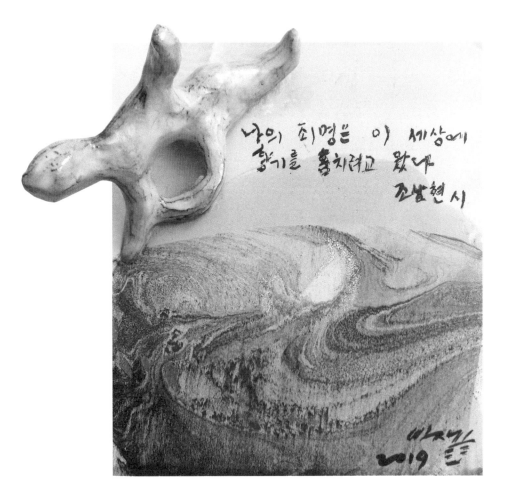

남의 죄명은 이 세상에
향기를 훔치려고 왔다
조남현 시

파도의 뼈

조창환

파도의 뼈도 한 만 년쯤 삭아 녹으면
저런 투명함으로 제 몸 터트리는 것일까
속절없이 눈부셔 환하고 환한 봄 바다
눈시울 붉어져 목이 잠긴다

130

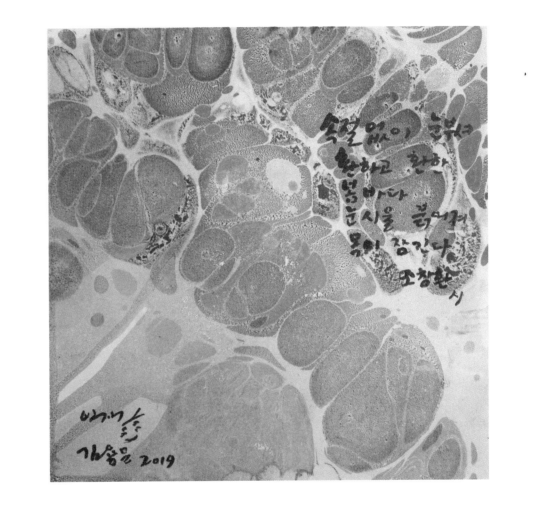

속결 없이 눈부신
환하고 환한
봄 바다
눈시울 붉어져
몸이 잠긴다
조창환 시

어떤 약속

최금녀

연희동에서는
머리카락 수만큼 숟가락을 닦았다
닦아도 닦아도
나의 몫은 그의 숟가락 위에서 위험했다
위험할 때마다 숟가락을 다시 닦았다

소나기 같은 슬픔이 몰려와
혼자 숟가락질을 할 때
허공에 숟가락이 닿을 때
뒤집히던 안과 밖

어떤 약속은 그의 숟가락 위에 얹히고
어떤 약속은 나의 가슴에 머물렀다.

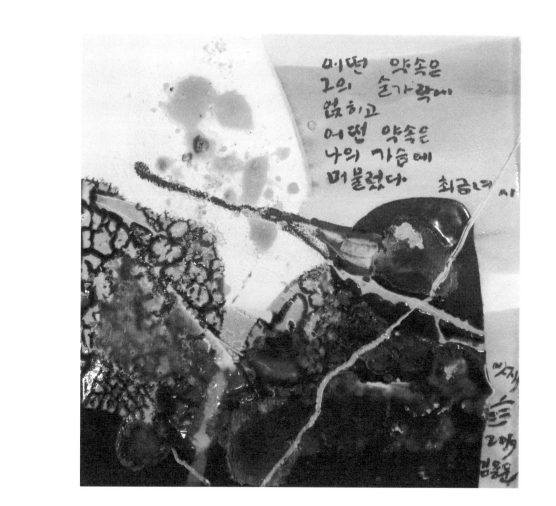

길 위의 낙서

최도선

몸으로 글을 쓰는 서정 시인이 있다

생애에 단 한 번만이라도 마른 땅을 밟아 보겠다고
비 그치자 땅 위에 몸을 드러낸 지렁이
폭염에 질식하며 마지막 시를 쓰고 간다

낯설지만 저승길은 환했노라고

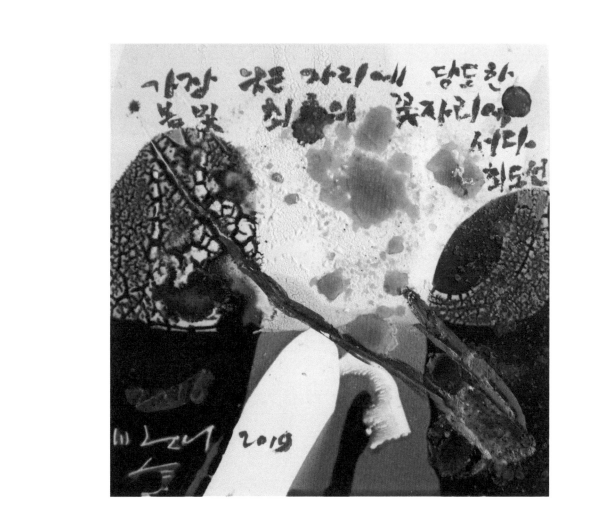

닿고 싶은곳

최문자

나무는 죽을 때 슬픈 쪽으로 쓰러진다
늘 비어서 슬픔의 하중을 받던 곳
그쪽으로 죽음의 방향을 정하고서야
꽉 움켜잡았던 흙을 놓는다

새들도 마지막엔 땅으로 내려온다
죽을 줄 아는 새들은 땅으로 내려온다
새처럼 죽기 위하여 내려온다
허공에 떴던 삶을 다 데리고 내려온다
종종거리다가
입술을 대고 싶은 슬픈 땅을 찾는다
〉

136

죽지 못하는 것들은 모두 서 있다
아름다운 듯 서 있다
참을 수 없는 무게를 들고
마지막 땀을 흘리고 있다

누구가 죽을 때
슬픈 쪽으로
쓰러진다 -

최문자 시

2019 박재

햇빛 소리

한정원

햇빛이 유리를 통과할 때
거미줄 치는 소리가 들린다

피아노 건반이 여든여덟 개밖에 없어서
빛의 소리는 들려줄 수 없다는 말을

그가 왼발 안쪽 발꿈치로 감아 찬 공이
백 개의 포물선을 그리며 날아갈 때
칸딘스키의 추상화를 보는 것 같다는
그 말을

나는 오늘 세 번 고쳐 썼다

일요일 정오 태양의 냄새에 대해서도

기껏 쉼표를 넣었다가 다시 빼버리는 일,

그늘 아래 차가운 언어를 흔드니

마음의 물집이 눈을 크게 뜬다

모래 언덕에서 비탈진 그늘이 직각으로 기운다

너와 내가 같은 시간에 꽃!

하고 외치면

우주가 터질 것 같아

햇빛이 비자나무 사이로 들어갈 때

산유자나무는 톱니를 키우고

〉

'좌상 귀에서 흑이 준동할 수 있는 침착한 호착'이라고
바둑 두는 남자는 말한다
햇빛 소리는 탁, 탁 아니면 똑, 똑
바둑알이 비자나무에 얹혀
물방울 소리 가득

나무였던 기억으로 시간이 인중에 걸려 있다

너와 나 사이에 흐르고 있는
일인칭과 이인칭의 중간
그 어디쯤에 햇빛이 지평선을 긋고 지나간다

살구나무 아래서 대낮을 쓸어 담는 그림자 소리가 길다

햇빛이 유리를
통과할 때
거미줄 치는 소리가 들린다
살구나무 아래서 대낮을
쓿어 담는 그림자 소리가 길다
            한 절편 시

극지極地

허진석

그대 사는 처마 아래
내 심장을 걸어 두었지

노을 가장 붉은 날
우주의 폭풍
시간의 포효
문득 깨달아

약간은 축축하게
약간은 꾸득하게

뛰는 맥박 속에
두려움이 남더군

3부. 달아실 추천시

민왕기
박제영
이홍섭
전윤호
최승호
허 림

이틀

민왕기

하루는 섭하는 이틀은 묵어가라, 고 당신은 말하고 나는 그러마, 고 답하리
첫 밤은 객으로 만난 사랑 다음 밤은 연이 된 이별
그 밤의 긴 사연들 아흐레 밤께 꿈으로 와 평생이 되리
멀리서 와 서로 귀한 손님이 된, 하루로는 못 잊을 길손들의 잔치여
봄에 핀 꽃들 한 이틀 본 것 같은 아득, 하루를 산 듯한 섭섭한 이틀이여

멀리서 와 서로
귀한 손님이 된
하루로는 봇잎을
갈앉들의 잔치어

민왕기 詩
'이틀

사는 게 참 꽃 같아야

박제영

며느리도 봤응께 욕 좀 그만 해야
정히 거시기해불면 거시기 대신에 꽃을 써야
그 까짓 거 뭐 어렵다고, 그랴그랴
아침 묵다 말고 마누라랑 약속을 했잖여

이런 꽃 같은!
이런 꽃나!
꽃까!
꽃 꽃 꽃
반나절도 안 돼서 뭔 꽃들이 그리도 피는지

봐야
사는 게 참 꽃 같아야

숟가락

이홍섭

숟가락 하나 하늘에 떠 있다

숟가락은 외로운 사내
어디서 왔는지, 어디로 가는지 모르는 천하의 뜨내기

구름은 양도 되었다가, 새도 되었다가
고래가 되기도 하는데

숟가락은 말없이 떠 있기만 한다
앞산 오솔길 옆 작은 봉분 같다

숟가락 하나 들고 왔다가

숟가락 하나 놓고 가는 길

숟가락은 떠서
움푹한 외로움을 한 술 뜨고 가는가

열매의 내력

전윤호

꽃은 나무의 상처
불 탄 자리 환한 가지

그대 오지 않고
여름까지 울다

흉터 위에 붉게 부푸는
저 자두

어디 거저 생기는
세상이 있겠나

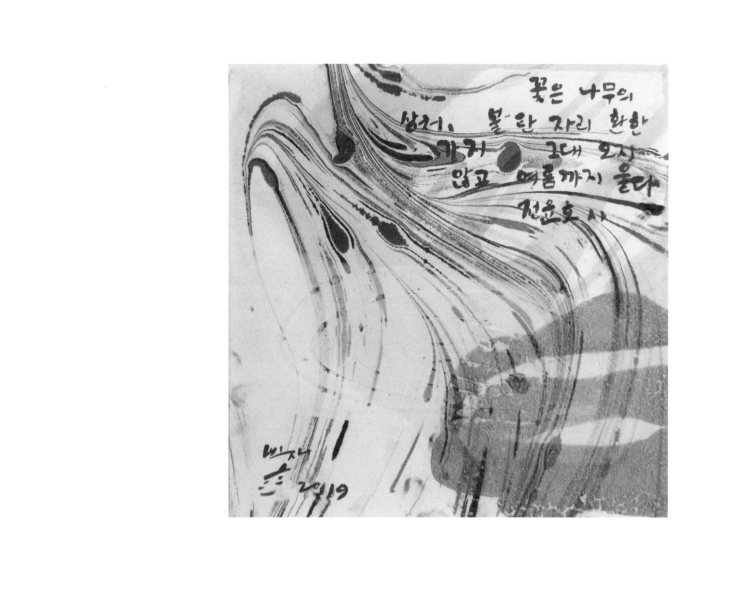

꽃은 나무의
상처, 불 탄 자리 환한
가지 그대 오지
않고 여름까지 울다

전윤호 시

소쩍새

최승호

소쩍 훌쩍 소쩍 훌쩍

소쩍새가 우네

발톱을 깎지 마세요

깎으면 쥐를 못 잡잖아요

발톱을 제발 깎지 마세요

소쩍 훌쩍 소쩍 훌쩍

소쩍새가 우네

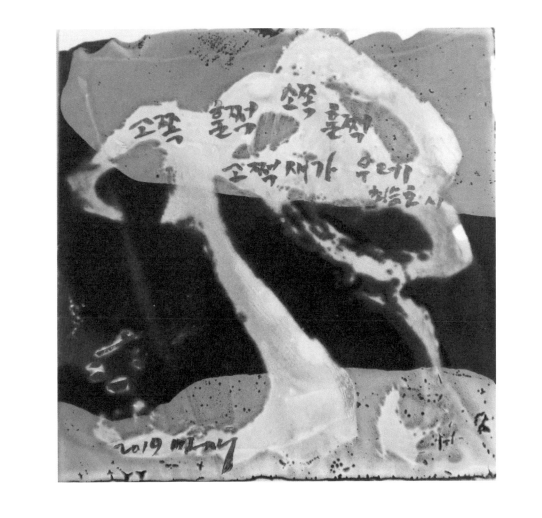

숭늉

허림

적설의 무게가 고요하고 희고 부시고 환한 것을

눈도 크게 뜨지 못하고 옆착에 손을 넣고 가래알을 주물럭거리며 돌처럼 딱딱한 황율 우물거리며 괜한 우체부 기다리는 것인데

까마득한 한 소식도 올 것만 같다

잘 듣지 못하는 어머이는 또 딴소리 하고 나는 물에 밥을 말아 들기름에 깨보셍이에 짭짤하게 볶은 무장아찌를 얹어 한끼 때운다

이 한끼 속에는 여인의 희고 보드라운 살 냄새가 난다

시인약력

1. 초대시인

김남조

1950년 연합신문 등단. 시집 『영혼과 가슴』 외 다수. 정지용문학상, 김달진 문학상, 만해대상문학상, 가톨릭문학상, 한국시인협회상, 예술원상 등 수상. 은관문화훈장 수훈. 현 숙대 명예교수. 대한민국 예술원 회원.

sunheek3@hanmail.net

문정희

1969년 『월간문학』 등단. 시집 『오라, 거짓 사랑아』 외 다수. 현대문학상, 소월시문학상, 정지용문학상 등 수상.

문효치

1966년 서울신문 및 한국일보 신춘문에 등단. 시집 『무령왕의 나무새』 외 다수. 김삿갓문학상, 정지용문학상, 한국시협상 등 수상. 옥관문화훈장 수훈.

minerva21@hanmail.net

신경림

1955년『문화예술』등단. 시집『농무』및 평론집『한국 현대시의 이해』외 다수. 만해문학상, 한국문학작가상, 이산문학상, 호암상 예술상 등 수상.〈화해와전진포럼〉상임운영위원 등 역임. 대한민국 예술원 회원.

신달자

1964년『여상』신인문학상 수상. 1972년『현대문학』재등단. 시집『종이』외 다수. 정지용문학상, 영랑 문학상, 대산문학상 등 수상. 은관 문화훈장 수훈. 대한민국 예술원 회원.

dalja7@hanmail.net

오세영

1968년『현대문학』등단. 시집『바람의 아들들』및 시조집『춘설(春雪)』외 다수. 평론집『한국 낭만주의 시 연구』외 다수. 한국시인협회상, 녹원문학상, 소월시문학상, 정지용문학상, 편운문학상 등 수상. 대한민국 예술원 회원.

poetoh@naver.com

오탁번

1966년 동아일보 신춘문예 동화, 1967년 중앙일보 신춘문예 시, 1969년 대한일보 신춘문예 소설 등단. 시집『아침의 예언』및 소설집『처형의 땅』외 다수. 한국시인협회상, 정지용문학상, 동서문학상 등 수상. 은관문화훈장 수훈.

ohtakbon@hanmail.net

유안진

1965년『현대문학』등단. 시집『다보탑을 줍다』및 시선집『세한도 가는 길』외 다수. 산문집『지란지교를 꿈꾸며』외 다수. 현 서울대 명예교수. 대한민국 예술원 회원. 한국시인협회고문.

尹錫山

1974년 경향신문 신춘문예 등단. 시집『바다 속의 램프』및 저서『용담유사 연구』외 다수. 현재 한양대 명예교수, 한국시인협회 회장.
yoonsuksan@naver.com

이건청

1967년 한국일보 신춘문예 등단. 시집『이건청 시집』및 시선집『해지는 날의 짐승에게』외 다수. 현대문학상, 한국시협상, 목월문학상, 현대불교문학상, 녹원문학상, 고산문학대상, 자랑스런 양정인상 등 수상. 한국시인협회 회장 역임. 한양대학교 명예교수.
lgcpoet@hanmail.net

정현종

1965년『현대문학』등단. 시집『사물의 꿈』및 시선집『고통의 축제』외 다수. 시론 및 산문집『날자, 우울한 영혼이여』외 다수. 한국문학작가상, 연암문학상, 이산문학상, 현대문학상, 대산문학상, 미당문학상, 경암학술상(예술 부문), 파블로 네루다 메달 등 수상.
namuchong17@hanmail.net

최동호

1979년 중앙일보 신춘문예 평론 당선. 시집『제왕나비』및 시론집『불확정 시대의 문학』등 다수. 현대불교문학상, 고산윤선도 현대시 대상, 박두진문학상, 소천문학상, 김환태문학상, 편운문학상, 대산문학상 등 수상. 현재 고려대 명예교수 겸 경남대 석좌교수.
cdhchoi@hanmail.net

허영자

1962년『현대문학』등단. 시집『얼음과 불꽃』및 수필집『말의 향기』등 다수. 한국시인협회상, 민족문학상 본상, 허난설헌 시문학상 등 수상. 옥관문화훈장 수훈. 성신여자대학교 명예교수.

2. 현대시학 추천시

고형렬

1979년『현대문학』등단. 시집『대청봉 수박밭』외 다수.
snowind123@hanmail.net

구재기

1978년『현대시학』등단. 시집『휘어진 가지』및 시선집『구름은 무게를 버리며 간다』외 다수. 충남도문화상, 시예술상본상, 충남시협본상, 한남문인상, 석초문학상 등 수상. 충남문인협회장 및 충남시인협회장 역임. 현 서천시인협회 회장.
koo6699@hanmail.net

금보성

2013년 대한민국 현대미술대전 장관상, 2013년 대한민국문화예술인 대상 수상. 2009년 태국 국제공모전 심사위원회 위원 역임. 현 금보성 아트센터 관장.

김금용

1997년『현대시학』등단. 시집『광화문쟈콥』외 다수. 중국어번역시집『나의 시에게』외 2권. 펜번역문학상, 동국문학상 외 다수. 한국번역문학원 번역기금, 세종우수도서 선정.

poetrykim417@naver.com

김루

2010년『현대시학』등단.

ehd5508@hanmail.net

김명서

2002년『시사사』등단. 시집『야만의 사육제』.

poemsori@hanmail.net

김연아

2008년『현대시학』등단. 시집『달의 기식자』.

vayu00@hanmail.net

김윤

1998년『현대시학』등단. 시집『지붕 위를 걷다』등.

Kimyoondari@hanmail.net

김지헌

1997년『현대시학』등단. 시집『배롱나무 사원』외 다수.

kimj2850@hanmail.net

김추인

1986년『현대시학』등단. 시집『오브제를 사랑한』외 다수. 한국 예술상, 질마재문학상 수상.

cikim39@hanmail.net

김택희

2009년『유심』등단. 시집『바람의 눈썹』.

heeeyoung@hanmail.net

나태주

1971년 서울신문 신춘문예 등단. 시집『한들한들』외 다수. 김삿갓문학상, 유심작품상, 공초문학상, 정지용문학상, 한국시인협회상 등 수상. 황조근정훈장 수훈.

tj4503@naver.com

박미산

2008년 세계일보 신춘문예 등단. 시집『루낭의 지도』등.

misan0490@hanmail.net

박형준

1991년 한국일보 신춘문예 등단. 시집『춤』외 다수.

agbai@naver.com

사윤수

2011년 『현대시학』 등단. 시집 『파온』.

ebomnal@hanmail.net

설태수

1990년 『현대시학』 등단. 시집 『금빛 샌드위치』 외 다수.

tssul@hanmail.net

성세현

월간 『시사문단』 등단.

손현숙

1999년 『현대시학』 등단. 시집 『너를 훔친다』 및 사진산문집 『시인박물관』 외 다수.

poemfree@hanmail.net

송찬호

1987년 『우리 시대의 문학』 등단. 시집 『고양이가 돌아오는 저녁 』 외 다수.

신병은

1989년『시대문학』등단. 시집『곁』외 다수.

shinpoem@hanmail.net

엄재국

2001년『현대시학』등단. 시집『정비공장 장미꽃』등.

Udh414@hanmail.net

우대식

1999년『현대시학』등단. 시집『늙은 의자에 앉아 바다를 보다』및 산문집『죽은 시인들의 사회』외 다수. 현대시학 작품상 수상.

유정이

1993년『현대시학』등단. 시집『내가 사랑한 도둑』외 다수.

윤의섭

1994년『문학과 사회』등단. 시집『묵시록』외 다수.

siche11@chol.com

이강

2018년『시현실』등단.

kanglee183@gmail.com

이경림

1989년『문학과비평』등단. 시집『토씨 찾기』외 다수. 엽편소설집『나만 아는 정원이 있다』. 산문집『언제부턴가 우는 것을 잊어버렸다』. 시론집『사유의 깊이, 관찰의 깊이』등. 지리산문학상, 윤동주서시문학상, 애지문학상 등 수상.

poemsea58@naver.com

이미산

2006년『현대시』등단. 시집『아홉시 뉴스가 있는 풍경』등.

wy127@hanmail.net

이승희

1999년 경향신문 신춘문예 등단. 시집『거짓말처럼 맨드라미가』외 다수. 제4회 전봉건문학상 수상.

moonpoem@hanmail.net

이영춘

1976년『월간문학』등단. 시집『봉평장날』및 시선집『들풀』외 다수. 번역시집『해, 저 붉은 얼굴』. 고산문학대상, 유심작품상특별상, 난설헌시문학상, 천상병귀천문학대상 등 수상.

lycart@hanmail.net

이채민

2004년『미네르바』등단. 시집『빛의 뿌리』외 다수. 미네르바문학상, 서정주문학상 수상. 현 계간『미네르바』주간.

장수라

2010년『시와문화』등단.

sura1027@naver.com

장영님

1994년 『현대시학』 등단. 시집 『언 개울가의 흰 새』.

jrainbow723@naver.com

전순영

1999년 『현대시학』 등단. 시집 『시간을 갉아먹는 누에』 외 다수.

samooli@empas.com

정민나

1998년 『현대시학』 등단. 시집 『E 입국장, 12번 출구』 및 시론집 『정지용 시의 리듬양상』 외 다수.

minna0926@naver.com

정영선

1995년 『현대시학』 등단. 시집 『장미라는 이름의 돌멩이를 가지고 있다』 외 다수.

cyoung5044@naver.com

정재분

2005년 『시안』 등단. 시집 『그대를 듣는다』 및 산문집 『침묵을 엿듣다』 등.

chrom21@hanmail.net

정호승

1972년 한국일보 신춘문예 동시, 1973년 대한일보 신춘문예 시, 1982년 조선일보 신춘문예 소설 등단. 시집 『슬픔이 기쁨에게』 및 소설집 『연인』 외 다수. 소월시문학상, 정지용문학상, 편운문학상, 상화시인상, 공초문학상 등 수상.

조삼현

2008년 월간 『우리시』 등단. 시집 『어느 수인에게 보내는 편지』. 공저 『3.1 백주년 100인 시집』.

sam32112@hanmail.net

조창환

1973년 『현대시학』 등단. 시집 『허공으로의 도약』 외 다수. 한국시협상, 편운문학상 등 수상. 현재 아주대학교 명예교수.

cwcho2809@hanmail.net

최금녀

1998년 문예운동 등단. 시집『바람에게 밥 사주고 싶다』및 시선집『한 줄, 혹은 두 줄』외 다수.

choikn1123@hanmail.net

최도선

1987년 동아일보 신춘문예 시조 등단. 1993년『현대시학』소시집 발표 후 자유시 활동. 시집『서른아홉 나연 씨』외 다수. 비평집『숨김과 관능의 미학』.

dschoi49@naver.com

최문자

1982년『현대문학』등단. 시집『사과 사이사이 새』외 다수. 한국시인협회상, 박두진문학상 등 수상.

choiikik@hanmail.net

한정원

1998년『현대시학』등단. 시집『그의 눈빛이 궁금하다』외 다수.

emily720@hanmail.net

허진석

1985년『현대시학』등단. 시집『타이프라이터의 죽음으로부터 불법적인 섹스까지』등.

huhball@hanmail.net

2. 달아실 추천시

민왕기

2015년『시인동네』등단. 시집『아늑』,『내 바다가 되어줄 수 있나요』.

camus23@naver.com

박제영

1992년『시문학』등단. 시집『그런 저녁』및 산문집『사는 게 참 꽃 같아야』외 다수. 월간태백 편집장 역임. 현재 달아실출판사 편집장.

sotong@naver.com

이홍섭

1990년『현대시세계』시 등단. 2000년 문화일보 신춘문에 평론 등단. 시집『강릉, 프라하, 함흥』외 다수. 산문집『곱게 싼 인연』. 시와시학 젊은시인상, 시인시각 작품상, 현대불교문학상, 유심작품상, 강원문화예술상 등 수상.

leehongsup@hanmail.net

전윤호

1991년『현대문학』등단. 시집『이제 아내는 날 사랑하지 않는다』외 다수. 시와시학 작품상 젊은 시인상, 한국시협상 젊은 시인상 등 수상.

poet91@hanmail.net

최승호

1977년『현대시학』등단. 시집『대설주의보』외 다수. 동시집『말놀이 동시집』외 다수. 우화집『눈사람 자살 사건』외 다수. 오늘의 작가상,
김수영 문학상, 대산문학상, 현대문학상 등 수상.

 choipe@hanmail.net

허림

1988년 강원일보 신춘문예, 1992년『심상』등단. 시집『엄마 냄새』외 다수.

gjfla28@hanmail.net

에필로그

처음 『현대시학』50주년행사 일환으로 시도자 작품을 제작한다는 것에 우선 내 가슴은 뛰었습니다.

춘천 옥산가에 방문하였을 때 저의 평생 공부이기도 하였던, 이제는 모두 사라져가는 옹기들이 이곳 달아실 옹기박물관에 웅장하게 소장되어 있음에 놀라웠고, 옥산가 김현식 회장님의 소개로 달아실미술관과 뒷산을 돌아보며 푸르게 우거진 나무들을 보며 상념에 빠지기도 했습니다.

조국은 갈 곳 없는 예술가에게 영원한 그리움이요 어쩌면 전부 저의 집 같은 매순간의 소중함이 살아 있는 그런 곳입니다. 저는 이 소중한 그리움, 조국의 따뜻한 부름에 감사했습니다. 『현대시학』의 기념비적 시도자 작품을 만드는 부름도 감사하였지만 이와 함께 달아실출판사에서 주옥같은 예순세 분의 시를 형상화한 작품을 책으로 엮는다는 놀라운 인연에도 깊이 감사했습니다. 이 모든 시작을 조국과 아주 멀리 떨어진 터키에서 준비하고 시작함에 저의 감사함은 더 애틋한지 모르겠습니다.

이렇게 감사한 마음으로 준비한 시도자 작품을 8,000km 떨어진 터키 앙카라의 저의 스튜디오에서 제작하는 일이 그리 쉽지는 않았습니다. 우선 한국과 다른 도자 재료로 한국인 시를 표현하는 것은 녹록지 않았습니다. 애초 『현대시학』측과 달아실출판사에서 막사발로만 작품 제작을 원했지만, 저에게는 마음의 비석처럼 단단한 도판이 추가되어 퍽 다행이라 생각합니다. 그러나 제작 초부터 시인의 마음을 담은 시도자를 과연 내가 해낼 수 있을까 며칠 밤 고민에 빠지기도 하였습니다. 그런데 작업이 시작되면서 많은 시인들의 시적 상상력이 저의 손길을 움직이며 저의 입가에 탄성이 흘러 나왔습니다. 여기 모시는 위대한 시인들, 사람 마음을 뒤엎는 시인 한 분 한 분의 감수성에 우선 놀라웠고 시가 주는 위대한 감격이 쓸쓸한 나의 가슴을 매순간 때려, 이 감격이 흙과 불을 만남에 놀라웠습니다.

한 편의 시를 접하며 날로 변화되는 팍팍한 우리의 삶이 SNS 시대에 어떤 형상, 어떤 시와 예술로 우리에게 다가올지 의문입니다. 언제나 그러하듯 어린 나의 손끝이 감히 시인의 감성을 어떻게 두드릴 수 있을까 실로 걱정되었습니다.

　고백컨대, 혹여 제 막사발과 도판에 시각적 표현이 아둔하다면 따끔한 질책을 해주십시오. 저는 달게 받겠습니다. 아울러 시를 선정해주신 김금용 현대시학 회장님, 현대시학 전기화 발행인님, 시도자 작품 제작을 후원해주신 옥산가 김현식 회장님과 전규식 전무님, 책 편집에 애쓰신 달아실 박제영 편집장님께 고마움을 전합니다. 끝으로 모든 인연을 맺어준 박장호 씨에게도 감사드립니다.

2019년 8월

터키 앙카라에서 김용문 드림

김용문 연보

■ 약력

1955 경기 오산 출생. 홍익미대 공예과 및 동 대학원 졸업. 중국 산동성 산동이공대, 산동경공업대학교 객좌교수 역임. 중국 치루대학교, 치박대학교 초빙교수 역임. 현재 세계막사발 장작가마축제 조직위원장 및 터키 국립 하제테페 미술대학 초빙교수. 국내외에서 국제 도자전 – "세계막사발 장작가마축제"를 22년 동안 40회 개최.

■ 주요 저서

막사발 실크로드 – 도자기 다큐멘터리 시리즈 출간

제1권: 나는 막사발이다(2010)

제2권: 막사발, 히타이트를 만나다(2011)

제3권: 막사발 실크로드(2012)

제4권: 세계 막사발미술관 가는 길(2013)

제5권: 석연년 스님의 작품 세계(2015)

제6권: 이 시대의 세계 막사발(2015)

제7권: 막사발이 서쪽으로 간 까닭은(2016)

제8권: 아트 포 피스(2018)

시집 『마음 하나 다스리기가』 출간

■ 주요 작품 심사
〈아르헨티나 타일비엔날레〉 심사위원
터키 SERES 〈2009 도자공모전〉 심사위원
터키 아나돌루 대학교 주최 〈'무아메르 차크' 공모전〉 심사위원
〈루마니아 도자공모전〉 심사위원
터키 하제테페-터키 한국문화원주최 〈2018 세계막사발공모전〉 심사위원장

■ 개인전
제1회 토우전(土偶展)('82 뉴코아 미술관)
제2회 매장, 그리고 발굴전('83 지리산)
제3회 수장제('84 단양 남한강변)
제4회 방사, 방사, 방생전('85 한강미술관, 제주도 이호바다)
제5회 옹관장전('87 대학로, 여백사진 갤러리)
제6회 만파식토展('88 경인미술관, 제3갤러리)
제7회 빗재가마 사발전('89 민예사랑, 토인, 제천시민회관)
제8회 性 두향제('90 금호갤러리)

제9회 빗재가마 지두문전('91 민예사랑)

제10회 옹기와 토장생전('92 토도랑, 토 · 아트스페이스)

제11회 土 · 火 · 天사슬전('93 전통공예관 생활옹기초대전, 동호갤러리, 신세계, 미도파)

제12회 木石草花전('94 갤러리아 갤러리, '95 충주 문화회관)

제13회 약토와 잿물전('94 동광갤러리)

제14회 옹기와 분청초대전('94 롯데월드 민속박물관, '95 충주 문화회관)

제15회 환경기금마련 옹기전('95 기업은행 본점, 오산 시민회관, 한국 외국어대)

제16회 '96 빗재문화 쉼터한마당(옹기박물관 건립을 위한 전시)

제17회 '96 빗재가마 분청전(민예사랑)

제18회 빗재가마 와바루전('96 불일미술관), 옹기전('96 산갤러리)

제19회 '막사발' 그 水葬祭 (두레네, 밴쿠버, 토도랑, 이참평묘, 아리타 앞 강가)

제20회 도예초대전(1999 표화랑, 수화문 갤러리)

제21회 靑山白雲옹기접시展(2000 토아트 · 수원미술관)

제22회 임꺽정 화툿불전 (2003 갤러리 빗재가마 오픈기획)

제23회 새해맞이 김용문의 도기전(2004 다도화랑)

제24회 진달래꽃전 (2005 부천시청아트센타)

제25회 시도자전(2006 아츠월 갤러리, 오산시청)

제26회 대구토향갤러리 기획초대전(2007 동아갤러리)

제27회 현대시 백년 시도자전(2007 이화갤러리, 갤러리31)

제28회 시도자전(2008 하나아트갤러리, 아트갤러리 청담, 중국치박박물관)

제29회 지두문전 '극기복례'전(2009 모빈화랑)

제30회 김용문 막사발지두문초대전(2009 수원시 해피갤러리)

제31회 '나는 막사발이다' 출판기념회(2010 유카리화랑, 오산중앙도서관, 전주오스갤러리, 갤러리 오늘, 남도음식박물관)

제32회 하제테페대학교 갤러리초대전, 아나돌루 대학 갤러리초대전(2011)

제33회 앙카라시 카라갤러리 초대전(터키 앙카라시 카라 갤러리 2012)

제34회 지두문과 막사발전(완주 오스 갤러리, 수원 화성홍보관 2012)

제35회 카파도키아의 토템들(터키, 앙카라 한국문화원 2012)

제36회 카파도키아의 토템들(터키, 이스탄불 미마르 시난대학 박물관 2013)

제37회 카파도키아의 토템들(터키, 유네스코 세계문화유산 카파도키아 박물관 초대전 2013)

제38회 시와 도자의 만남전(김용택-시, 김용문-도자/ 오스 스퀘어, 삼례 문화카페 갤러리, 임실 오스 하우스, 2013)

제39회 수원 미술관 초대전(2013)

제40회 M갤러리 아르마다(2014/ 터키 앙카라)

제41회 터키 제자들과 함께하는 김용문 막사발전(2014, 아라아트 센터, 통인화랑)

제42회 김용문 토템과 막사발전(2015, 통인화랑, 갤러리 오늘 초대)

제43회 김용문 지두문전과 앙카라 레지던스전(2016, 앙카라, 찬카야 차르다시 갤러리)

제44회 터키 야품사나트 갤러리 초대전(2017, 앙카라)

제45회 나무 갤러리 초대 김용문 나무에 관한 단상전(2018, 관훈동)

■ 단체전

한국 도상전 / 겨울 대성리전 / 토해내기전 / 도조 6인전 / 삶의 미술전 / 시대정신전 / 젊은 의식전 / '80년대 미학의 진로전 / '86 행위와 설치 미술제 / 무리전 / '86 여기는 한국전 / 한국도예 유럽순회전 / 고개티전 / 남한강 24시전 / 롯데월드 민속박물관 초대 전통생활옹기 특별전 / 열린 미술 천안전 / 강용대, 김용문 2인전 / 지역 14인전 / 5일 초대전 / '97 인사동 대보름전 / 역사와 환경전 / 분청사기의 오늘전 / 환태평양전(밴쿠버) / 세계 막사발 장작가마 페스티벌(1998~2018) / 윤진섭. 김용문 2인전(리서울 갤러리) / 김용문과 매스크 우먼 2인전(통인화랑)

참여시인들

김남조 문정희 문효치 신경림 신달자 오세영 오탁번
유안진 尹錫山 이건청 정현종 최동호 허영자 고형렬
구재기 금보성 김금용 김 루 김명서 김연아 김 윤
김지헌 김추인 김택희 나태주 박미산 박형준 사윤수
설태수 성세현 손현숙 송찬호 신병은 엄재국 우대식

유정이 윤의섭 이 강 이경림 이미산 이승희 이영춘
이채민 장수라 장영님 전순영 정민나 정영선 정재분
정호승 조삽현 조창환 최금녀 최도선 최문자 한정원
허진석 민왕기 박제영 이홍섭 전윤호 최순호 허 림

『현대시학』 50주년 기념 시도자집
사랑이여, 어디든 가서 닿기만 해라

1판 1쇄 인쇄 2019년 8월 20일
1판 1쇄 발행 2019년 8월 30일

지은이 김남조 등 63인
詩陶瓷 김용문
발행인 윤미소
발행처 (주)달아실출판사

책임편집 박제영
디자인 전형근
마케팅 배상휘

주소 강원도 춘천시 춘천로 17번길 37, 1층
전화 033-241-7661
팩스 033-241-7662
이메일 dalasilmoongo@naver.com

출판등록 2016년 12월 30일 제494호

ⓒ 김용문, 김남조 외 62인, 2019
ISBN 979-11-88710-47-8

* 이 도서의 국립중앙도서관 출판예정도서목록(CIP)은 서지정보유통지원시스템 홈페이지(http://seoji.nl.go.kr)와
국가자료종합목록 구축시스템(http://kolis-net.nl.go.kr)에서 이용하실 수 있습니다. (CIP제어번호 : CIP2019032396)

달아실시선